PAUL MEURICE — AUGUSTE VACQUERIE

(TRADUCTIONS)

PAROLES

COMÉDIE

TIRÉE DE SHAKSPEARE

PARIS,

FURNE ET Cⁱᵉ, LIBRAIRES-ÉDITEURS

RUE SAINT-ANDRÉ-DES-ARTS, 55

M DCCC XLIV

PAROLES

COMÉDIE

TIRÉE DE SHAKSPEARE

Représentée pour la première fois sur le Second Théâtre-Français
e 24 Février 1849.

PRESSES MÉCANIQUES DE H. FOURNIER ET Cⁱᵉ,
RUE SAINT-BENOIT, 7.

PAUL MEURICE — AUGUSTE VACQUERIE

(TRADUCTIONS)

PAROLES

COMÉDIE

TIRÉE DE SHAKSPEARE

PARIS

FURNE ET Cᵉ, LIBRAIRES-ÉDITEURS

RUE SAINT-ANDRÉ-DES-ARTS, 55

DCCC XLIV

1844

A

THÉOPHILE GAUTIER

PAUL MEURICE — AUGUSTE VACQUERIE

Personnages.

-co-

PAROLES,
ROGER.
DU MAINE.
CADUCO.
PHÉNICE.
DEUX OFFICIERS.
SOLDATS.

A Florence en 13..

PAROLES

—————— ✦➤➤➤•◈•◄◄◄•✦ —————

SCENE PREMIERE.

Un bois. A droite, les premières tentes d'un camp.

GROUPES QUI PASSENT. UN AIR D'ATTENTE. CADUCO,
PHÉNICE.

VOIX DANS LA FOULE.

Ah! les voici.

PHÉNICE, entrant avec messer Caduco.

Faisons encore quelques pas,
Mon père.

CADUCO.

Oui, pour nous faire égorger, n'est-ce pas?
Je voudrais être un rat pour être dans ma cave!
Tu profites toujours de ce que je suis brave
Pour m'entraîner, les soirs de bataille, au-devant
De nos vaillants soldats. Mais c'est assez avant.
Phénice, ne rends pas ton père téméraire!
Songe donc que le sort peut nous être contraire.
Comment, si l'ennemi nous tombait sur les bras,
Pourrions-nous regagner Florence tout là-bas?

PHÉNICE.

Le camp arrêterait l'ennemi.

CADUCO.

Je l'espère.

PHÉNICE.

Puis, comment voulez-vous qu'on nous batte, mon père,
Quand Paroles....

CADUCO.

Parole est un César français !

PHÉNICE.

Parole est au combat, nous vaincrons !

CADUCO.

Je ne sais.

L'incertitude peut provenir de deux causes : —
Du trouble de l'esprit ou du trouble des choses ;
La chose n'est pas claire — ou l'homme est un dindon.

PHÉNICE.

Ici la chose est claire !

CADUCO, sincère, puis piqué.

Alors, c'est moi.... Dis donc !

PHÉNICE.

Quel bonheur cependant que le duc de Florence.
Ait ainsi réclamé l'appui du roi de France !
Paroles est venu sur un mot de son roi.
C'est un bien grand bonheur... pour Florence.

CADUCO.

Et pour toi,

Puisqu'il t'aime, ma fille. Ah ! l'orgueil me vient prendre
Quand je songe parfois que je l'aurai pour gendre !
Beau-père de Parole !

PHÉNICE.
Il court en insensé
Au-devant du peril; s'il revenait blessé!

CADUCO.
Bast? il revient toujours sans une égratignure.

PHÉNICE.
Si j'étais là!

CADUCO.
Quel homme! et quelle autre tournure
Que celle de Roger! Celui-là t'aime aussi,
Mais s'il croit que je vais comparer...
(Bruit de tambours, cris dans la foule.)
Les voici.

SCÈNE II.

LES MÊMES; QUELQUES OFFICIERS; ROGER, le bras en écharpe.

PHÉNICE, courant à Roger.
Eh bien, Roger?

ROGER.
Victoire!

PHÉNICE.
Et Parole?

ROGER.
Ah! Parole!
Toujours! — Il n'est pas mort! — Comment un pareil drôle
Vous peut-il sur son compte abuser jusque là!

PHÉNICE.
Roger!

ROGER.
Ce plat faquin tranche de l'Attila!

1.

Un hâbleur qui vous vient parler de ses voyages
Parce qu'on l'a toujours chassé de tous parages!
Qui saute d'Amérique en Afrique — d'un bond, —
Qui fait le voyageur et n'est qu'un vagabond!
Qui n'est venu, malgré tous ses airs d'importance,
Chercher la guerre ici que pour fuir la potence!

PHÉNICE.

Cela n'empêche pas que, sans tant de façons,
Il poursuit l'ennemi, — pendant que nous causons.

ROGER.

On ne se bat plus. Moi...

PHÉNICE.

Lui se bat, j'en suis sûre!

ROGER.

Atteint à la main droite.....

CADUCO.

Encore une blessure!
Ah! çà, vous êtes donc tout à fait maladroit!
La poitrine mardi; dimanche... un autre endroit!
Aujourd'hui cette main. Il faut qu'un gentilhomme
Soit plus fort que cela. Qu'est-ce à dire, jeune homme?
Voyez le grand Parole! Il n'est jamais blessé!
Quel homme!

ROGER.

Oui, les hasards des batailles, je sai,
Le traiteront toujours avec miséricorde,
Et le fer sait trop bien qu'il le doit à la corde.
Moi, nul gibet ne m'a par malheur réclamé,
Et qu'importe la vie à qui n'est pas aimé!

PHÉNICE.

Si loin que vous alliez dans votre frénésie,

Je dois tout pardonner à votre jalousie.
Mais mon cœur vous répond et n'en est pas changé.
Je l'aime. Vous savez quel caractère j'ai.
Un fer moins qu'un fuseau pèse à ma main mignonne,
Et j'ai du page en moi bien plus que de la nonne.
Je l'adore ! — et je hais vos langueurs. Il me faut
Son œil toujours vainqueur et son front toujours haut.
Vous, vous venez toujours avec des yeux humides,
L'air contraint...

ROGER.

Croyez-moi, les braves sont timides.

CADUCO,

Raconte-lui comment, l'autre jour, lundi soir,
Croyant apparemment que je ne pouvais voir
Parce que je penchais la tête à la croisée,
Le grand Paroles t'a sur la bouche embrassée.
— Jeune homme, elle a raison, et ce n'est pas français
De ne pas l'embrasser !

PHÉNICE.

Si je vous épousais,
Je serais le garçon et vous la demoiselle !

ROGER.

Vaut-il mieux être donc deux garçons ? — Chère belle,
Ah ! si j'en peux jamais trouver l'occasion,
Je vous ferai rougir de sa confusion.

(Bruit de voix.)

SCÈNE III.

LES MÊMES; PAROLES, DU MAINE, OFFICIERS,

PHÉNICE.

Ah! c'est lui.

PAROLES.

Perdre ainsi notre tambour! du diable!

DU MAINE.

Mais cependant...

PAROLES, aux officiers.

Allons, c'est un coup effroyable!

PHÉNICE, s'approchant doucement.

Paroles.

PAROLES.

Ah! c'est vous, Phénice! vous voilà,
Caduco. — Le laisser prendre comme cela!

PHÉNICE.

Seigneur, qu'arrive-t-il? J'en suis tout alarmée.
Que s'est-il donc passé de fâcheux pour l'armée?
Qu'avez-vous? la victoire....

PAROLES.

Est suffisante ainsi.

PHÉNICE.

Vous n'êtes pas blessé pourtant ?

PAROLES.

Non, Dieu merci.

PHÉNICE.

L'aile où vous combattiez ?...

PAROLES, négligemment.

> S'est couverte de gloire.

PHÉNICE.

La bataille?

PAROLES.

> Est pour nous une pleine victoire.
L'ennemi ne se peut relever de ce jour,
Mais nous avons perdu...

PHÉNICE.

> Le duc?

PAROLES,

> > Non. — Un tambour

ROGER, à Phénice.

Ce n'est, — rassurez-vous, l'avantage nous reste, —
Qu'un tambour!

PAROLES.

> Qu'un tambour! Ce n'est qu'un tambour! Peste!
Si l'on m'eût écouté!

ROGER, à part.

> Quelle idée! il faut voir.

(Haut, à Paroles.)
Enfin, on ne peut plus maintenant le ravoir!

PAROLES.

On pouvait le ravoir!

ROGER.

> On le pouvait, peut-être,
Mais on ne le peut plus.

PAROLES.

> On le peut encore!

CADUCO, exalté.

> > Être

Beau-père de Parole! Ah! l'ai-je mérité!

ROGER.

Prétendez-vous par là que vous êtes tenté?...

PHÉNICE.

Vous n'allez pas vous mettre en ce péril, je pense!

PAROLES.

Si je ne savais pas comment on récompense
Les grandes actions, et que tout le profit
Est volé par un drôle à celui qui les fit,
J'entreprendrais le fait sans nulle patenôtre,
Et je rapporterais ce tambour, ou quelque autre;
Ou bien j'y trouverais mon *hic jacet!*

ROGER.

Parbleu!

Lieutenant, nous voilà cinq ici qui, pour peu
Que vous soyez tenté d'entreprendre la chose,
En pouvons au besoin témoigner, je suppose.

PHÉNICE.

Paroles, n'allez pas, pour un banal défi,
Chercher un tel danger, — la mort peut-être!

CADUCO.

Fi!

Laisse-le donc aller.

PHÉNICE.

Paroles! sur ma vie!

ROGER.

Soyez tranquille, allez, il n'en a guère envie!
Jamais dans son esprit ce projet n'est entré.

CADUCO.

Il ira!

ROGER.

Vous verrez qu'il n'ira pas!

PAROLES.

J'irai.

PHÉNICE.

Ciel!

ROGER, raillant.

Vrai?

PAROLES.

Foi de soldat!

ROGER.

Oui, demain.

PAROLES.

Tout de suite!

— J'essaierai ce qu'on peut. — Je verrai. Je vous quitte
Pour aller dans ma tente à deux pas m'habiller;
Et pour coucher un peu mon plan sur le papier.
Je ne crains ni le fer, ni les eaux, ni les flammes,
Lorsque l'honneur m'appelle.—Un seul mot, bonnes lames:
Si vous restez encore une minute ici,
Vous me verrez partir dans un moment. Voici
La nuit close déjà. Je me hâte. Tu voles,
O temps! et moi, je hais de te perdre en paroles.

ROGER, riant.

Comme un poisson hait l'eau.

(Paroles sort. La nuit est tout à fait tombée.)

SCÈNE IV.

LES MÊMES, EXCEPTÉ PAROLES.

ROGER.

Le maraud! de quel front
Il s'engage, sans peur du rire et de l'affront,

A tenter, fanfaron qu'un fer tiré fait blême,
Une action qu'il sait impossible lui-même !

CADUCO.

Impossible ? — Jeune homme, il reviendra vainqueur !

PHÉNICE.

L'impossible toujours a tenté tout grand cœur.

ROGER.

Or, sérieusement vous croyez que le drôle
Est dans l'intention de tenir sa parole ?

PHÉNICE.

Pourquoi pas ?

ROGER.

      Et qu'il va courir un tel péril ? ..

PHÉNICE.

Eh ! sans doute ; autrement, pourquoi s'offrirait-il ?

ROGER.

Par le ciel ! il faut donc que je vous le démasque !
Voulez-vous vous prêter à mon projet fantasque ?
Vous verrez le dessous de sa valeur.

PHÉNICE.

         Pourquoi ?

Je suis sûre de lui.

CADUCO.

    J'en suis sûr aussi, moi.

ROGER.

Alors, c'est le moyen de me fermer la bouche.

PHÉNICE.

Voyons, que faut-il faire ?

ROGER.

      Envelopper la mouche
De toiles d'araignée. — En êtes-vous aussi,

Messieurs?

DU MAINE.

Volontiers.

PHÉNICE.

Mais...

ROGER.

Vous verrez. — Le voici.

SCÈNE V.

LES MÊMES; PAROLES, armé jusqu'aux dents.

PAROLES les apercevant. A part.

Ah!

(Comme ne les voyant pas. Méditant.)

C'est bien, le danger est terrible, n'importe!
Et j'ensanglanterais ma mort d'étrange sorte!
— Viens, ne fais pas défaut, mon épée, à mon bras,
Et mon bras, j'en réponds, ne te manquera pas.

(Il feint de les apercevoir.)

Quoi! vous encore, enfants? Rentrez donc.

ROGER, à part.

Il m'assomme,

Le lâche!

PHÉNICE, à part.

Il me ravit.

CADUCO, à part.

Il m'ébahit. Quel homme!

PHÉNICE.

Soyez prudent, Parole.

PAROLES.

Eh! vous me connaissez!

3

Ie ne puis par malheur me contenir assez.
Je ne vous promets rien ;— rien, excepté la gloire
Qui devra rejaillir sur vous de ma victoire.
Si je succombe, dam ! — bien des femmes, cher cœur,
Sanglotteront alors ; – vous mènerez le chœur.
Beau spectacle !

PHÉNICE, pleurant.

Au revoir.

PAROLES.

Va, bientôt, pauvre femme,
Je viens mettre à tes pieds ce tambour et mon âme.

(Il serre la main à tous , les reconduit jusqu'aux tentes, et fait quelques pas du côté de l'ennemi ; mais il revient précipitamment d'un
pied leger sur le devant du théâtre. Les autres reviennent bientôt aussi
sans bruit derrière lui et s'échelonnent dans l'ombre derrière les
buissons et les arbres.)

SCÈNE VI.

PAROLES, LES AUTRES CACHÉS.

PAROLES.

Partis ! me voilà seul, tout seul, trop seul, mon Dieu ! —
Là, mes genoux ! — Voyons, réfléchissons un peu.
Je tremble, il fait si chaud ! — Qu'est-ce que je vais faire?
Rester ici caché; ce n'est pas là l'affaire !
Je ne vais pas du camp, je sais bien, m'écarter!
Mais que vais-je leur dire au retour? qu'inventer?
Quelle histoire bâtir à l'histoire contraire?
Tu vois où tu me mets, ma langue! Ah! téméraire,
Tu braves tout, ardente aux propos triomphants...
— Mais mon cœur n'aime, lui, ni Mars, ni ses enfants.
Mon pauvre faible cœur te dément, imprudente !

ROGER, à part.

C'est le premier mot vrai qu'elle ait dit, l'impudente !

PAROLES.

Quel démon me poussait quand je me suis chargé
De ravoir ce tambour? Où me suis-je engagé?
Dans quel sot cul-de-sac d'une action terrible?
Avais-je donc vraiment soif de gloire impossible?
— Soif de mon sang! non pas. — Si, pour m'en retirer,
J'osais d'une blessure, hélas! me balafrer!
L'oserai-je? — Il faudrait une plaie effroyable
Pour les convaincre un peu, ces saints Thomas du diable!
On ne sort qu'en morceaux d'un jeu comme cela!
Enfin essayons. — Haï! — Du courage! — Oh! là! là!
— C'est que je saigne presque avec cette chimère.
Pauvre moi! Je me porte un intérêt de mère!
Là! là! — Chienne de langue! Ah! je te couperais
Si tu ne me tenais, bâtarde, d'aussi près!

DU MAINE, caché.

Qu'un pareil cuistre, avec sa lâche conscience,
Prenne ainsi des dehors d'honneur et de vaillance!

PAROLES, rêvant.

Si je me transformais mes habits en haillons!
— Ma bonne lame, vierge encor des bataillons,
Si je la brisais!

ROGER, caché.

Peuh! misérable défaite!

PAROLES.

Je puis couper ma barbe et jurer sur ma tête
Que c'était une ruse adroite...

DU MAINE, caché.

Maladroit!

PAROLES.

Racontons-leur qu'au fort j'ai sauté d'un grand toit,
D'un toit fait pour les chats courant sur les ardoises,
D'un toit haut...

ROGER, caché.

De combien?...

PAROLES.

Haut de trente-deux toises.
— Noyons mes vêtements; je dirais, ainsi nu,
Que l'on m'a dépouillé.

DU MAINE, caché

Non, moyen saugrenu!

PAROLES, désespéré.

N'est-il pas dans un coin quelque tambour honnête?
Ma trouvaille pourrait passer pour ma conquête.

ROGER.

A nous, Messieurs! Donnons à ses vœux de l'écho!

(Bruit de tambour.)

PAROLES, effrayé.

Un tambour ennemi!

SCÈNE VII.

ROGER, CADUCO, DU MAINE, PHÉNICE, DEUX OFFICIERS, sortent de leurs cachettes et tombent sur Paroles. — Des soldats portent des torches.

TOUS, criant et déguisant leurs voix.

Cargo! cargo! cargo!

(On lui met un mouchoir sur les yeux.)

PAROLES.

Quartier, Messieurs, quartier! — Mes yeux! on me les bande!

ROGER, d'un ton terrible.

Throca morovousus par corbo villiande!

PAROLES.

Grâce! pardon! pitié!

ROGER.

Boskos thromu boscos !

PAROLES, *épouvanté.*

Oui, vous êtes, je vois, la troupe de Muskos,
Et vous m'allez tuer, faute de me comprendre!
Nul de vous n'aurait-il ce service à me rendre
D'être Allemand? Danois? Italien? Français?
Qu'il parle! et je dirai des choses que je sais,
Et qui seraient bientôt la perte de Florence.

ROGER.

Boskos ravanvado. — Parle, je suis de France.

PAROLES.

Ah! merci, mon sauveur!

ROGER.

                    Mais prends garde, ma foi,
L'ami. Dix-sept poignards sont levés contre toi !

PAROLES.

Heuh!

ROGER.

     Tu peux prier Dieu. Foscorbin En prière.
— Chamodovania?

DU MAINE, *d'un ton de clémence.*

                    Dulche volivorriere.

ROGER.

Le général consent à t'épargner encor;
Mais tu lui fourniras...

PAROLES.

                    Des renseignements d'or
Sur nos forces, nos plans ; tout pour sauver ma tête !

2.

ROGER, bas à Phénice.

Eh bien?

PHÉNICE, bas

Ah! j'en ai honte!

CADUCO, bas.

Et moi, j'en deviens bête.

DU MAINE, de même.

Quel gueux!

PHÉNICE, de même.

Mais avec vous je veux du moins, Roger,
Le confondre, et moi-même ici l'interroger.
Laissez-moi ce plaisir, dites, monsieur du Maine.

DU MAINE.

Faites à votre gré. Vous êtes notre reine.

PHÉNICE, grossissant sa voix.

Porto tartaros.

PAROLES.

Quoi?

ROGER.

Réponds aux questions
Du général lui-même.

PAROLES.

Ah! bien.

PHÉNICE.

Les bastions
De la porte du Nord, y fait-on bonne garde,
Drôle?

PAROLES.

Non, pas du tout, et, par cette cocarde,
Je vous les livrerai, Monseigneur, dès ce soir.
Voulez-vous?

PHÉNICE.

On verra. Fais nous toujours savoir
A combien votre armée en ce moment se monte.

PAROLES.

Bon! attendez. — D'abord mille chevaux. — Je compte
D'une part dix-huit cents, douze cents d'autre part.,
Trois mille fantassins, — mais soldats de hasard,
Comme je n'en ai pas commandé dans mes guerres.
Et puis leurs officiers sont de si tristes hères!

PHÉNICE.

Oui-dà? — Vous écrivez ce que ce maraud dit?

PAROLES.

Écrivez, écrivez! et que je sois maudit
Si je mens de cela. Notez-vous : tristes hères?

ROGER.

C'est écrit.

PAROLES.

Merci bien.

CADUCO.

En voilà de sévères!

DU MAINE, bas à Phénice.

Mettez-le sur mon compte. Aggravons nos griefs.

PHÉNICE, à Paroles.

Qu'est-ce donc qu'un certain du Maine, un de vos chefs?

PAROLES.

Mais un assez bon diable et qui ferait, je pense,
Un parfait panetier. Quant à l'intelligence,
Il n'en aura jamais une indigestion;
Mais il coupe le pain dans la perfection!
Puis, il saute à pieds joints huit tabourets. J'accorde
Qu'il a les qualités d'un bon danseur de corde,

Et qu'il sait plusieurs tours qui, sans être très-forts,
Prouvent qu'il est léger d'esprit comme de corps.

DU MAINE, furieux.

Que devons-nous répondre à des choses pareilles?
Qu'allons-nous faire?

CADUCO.

Il faut lui couper les oreilles!

PHÉNICE, les contenant.

Messieurs!.... — Connaissez-vous le lieutenant Roger?

PAROLES.

Que trop! — Un sot Achille, amoureux du danger,
Qui cherche en tous combats une gloire nouvelle.
Il y risque si peu de sang et de cervelle!
C'est un de ces transis faits de papier mâché,
Ennuyés, ennuyeux, blêmes, le front penché,
Avec de longs cheveux épars sur leurs épaules,
Bêtes comme des pots, pleureurs comme des saules,
Un morne songe-creux, prétentieux, moqueur,
Sans couleur à la joue et sans chaleur au cœur,
Vrai héros du roman où toute femme aspire,
Qui ne respire pas, non mordieu! — qui soupire!
— Aussi j'ai supplanté ce rêveur à bon droit
Près d'une Florentine, un bijou de l'endroit,
Phénice Donati, la fille d'un Cassandre,
D'un Caduco, lequel m'aimerait fort pour gendre!
— Ah! Messieurs, que la vie est triste en vérité
Pour qui sait comme moi la voir du vrai côté!

PHÉNICE.

Quel est ce Caduco?

PAROLES.

La bêtise incarnée!

Vieux bambin qui ne semble âgé que d'une année !

Qui dit sans cesse : – Eh quoi ! se peut-il ! bah ! vraiment ! –

Et dont toute la vie est un étonnement.

De rien à soixante ans il n'a pris l'habitude.

D'ordinaire, tenez, voilà son attitude.

> (Il lève les bras et ouvre une bouche béante au moment où
> Caduco stupéfait a pris précisément la même posture.)

Ce gros, jeune et naïf point d'exclamation

Honore immensément... la ponctuation.

CADUCO.

Fer et flamme !

> (On le contient.)

ROGER.

Je vois à la mine peu tendre

Du général en chef, ami, qu'on te va pendre.

PAROLES, sautant de peur.

Me pendre ! et mes péchés ! Non, vivre dans un trou !

Au cachot ! dans les fers ! mais vivre, n'importe où !

PHÉNICE.

Qu'est-ce encor que Phénice ?

PAROLES.

Une fille charmante.

PHÉNICE, charmée.

Tout de bon ?

PAROLES.

Tout de bon. Et cette Bradamante

Dont, en attendant mieux, je suis l'adorateur

Raffole à deux genoux de votre serviteur.

PHÉNICE.

Ah ! bah !

PAROLES, à son oreille.

Pauvre petite ! elle s'est mis en tête

Que je l'épouserais. Je ne suis pas si bête.
La virago! J'irais me mettre sur les bras
Ce céleste démon, héroïque embarras!
Non certe! Un Mars en jupe, une Vénus bravache,
Qui toujours dans votre air fait siffler sa cravache!
Amazone qu'il faut le soir escalader!
Son aiguille a trois pieds! — Moi, je tiens à garder,
Non mon cœur de ses traits, mais mes yeux de sa pique.
C'est une rose, soit, mais rose où l'on se pique.
— Hai! hai! vous me pincez, général!

PHÉNICE.

                    Malheureux!
De tous ces gens de bien dire ce mal affreux!
Tu vas mourir.

PAROLES, se débattant.

                    Pourquoi? Parce que la Phénice,
Minerve avec laquelle il sied qu'on en finisse,
Me prenant pour mari, me prendrait pour valet,
Et que j'aime bien mieux la duper, s'il vous plaît,
En faire mon amante et changer la coquette
En victime.

PHÉNICE, exaspérée.
Bourreau! fais-lui sauter la tête.

PAROLES.

Ah! Dieu! laissez-moi voir ma mort en face au moins!
Qu'on me juge!

      (Il arrache son bandeau. Jetant un cri de surprise à la vue
   de tous les assistants qui rient.)
            Ah!

PHÉNICE.
Jugé! Tu l'es — par dix témoins.

PAROLES, accablé.

Ciel !

(Prenant son parti et relevant impudemment la tête.)

Bah ! je l'aime autant.

DU MAINE.

Adieu, grand capitaine,
Vous entendrez parler du panetier du Maine.

(Il sort.)

ROGER.

Adieu, noble héros, qui crains de déroger,
N'est-ce pas, en rossant le songe-creux Roger ?

PHÉNICE.

Attendez, cher Roger. — Ta victime Phénice,
Beau vainqueur, te salue, et... que Dieu te bénisse !

(Elle donne la main à Roger et sort avec lui. Caducée s'ap-
proche à son tour de Paroles, cherche, ne trouve rien, se lève
alors sur la pointe du pied, et lui souffle au nez, puis s'éloigne
majestueusement. Le reste des assistants sort aussi en riant
aux éclats.)

SCÈNE VIII.

PAROLES seul.

Bon ! je me moque bien de leur rire moqueur !
Mais où donc en serais-je, hein, si j'avais du cœur ?
Ce coup le briserait. Dieu soit loué ! j'en manque. —
Ils ne m'en ont pas moins pris pour leur saltimbanque,
Et ma noce est au diable ! — Ah ! peste ! ils étaient dix,
Nul n'a pu m'avertir de leurs complots maudits !

(Aux spectateurs.)

Pas même vous, Messieurs ! ni vous non plus, Mesdames.
Ah ! j'aurais cru pouvoir compter plus sur les femmes ;
C'est mal. — Après cela, j'entends votre raison,
Je sais... Vous aimiez mieux me voir rester garçon.

FIN.

Des mêmes Auteurs :

ANTIGONE

TRAGÉDIE DE SOPHOCLE

PRIX : 2 FR.

FALSTAFF

COMÉDIE EN SIX ACTES ET EN VERS

D'après SHAKSPEARE

Chez les mêmes Éditeurs.

LUCRÈCE

TRAGÉDIE EN CINQ ACTES EN VERS

PAR F. PONSARD

Prix : 2 fr.

LA CIGUË

COMÉDIE EN DEUX ACTES ET EN VERS

PAR ÉMILE AUGIER

Prix : 1 fr. 50 cent.

Imprimerie de H. Fournier et Cᵉ, 7 rue Saint-Benoît.

www.ingramcontent.com/pod-product-compliance
Lightning Source LLC
Chambersburg PA
CBHW061620180626
46818CB00005B/2157